AF400762

Incitātus:
Fābula Equī Senātōriī

Emma Vanderpool

Copyright © 2020 Emma Vanderpool
All rights reserved.
Incitātus: Fābula Equī Senātōriī
ISBN: 9798638668181

discipulīs meīs

CONTENTS

AUTHOR'S NOTE

Spurred on by my first novella, *Sacri Pulli: A Tale of War and Chickens,* I then considered what other historical narratives might be made a bit more fantastical through a new point of view. I quickly came to one of my favorite animal-themed stories in Roman history, that of Caligula and his dear horse Incitatus. There are 350 unique forms, not counting proper nouns, made of 120 different lemmae.

As reported by Aloys Winterling, who wrote *Caligula: A Biography*, Caligula may have been so moved to name his horse a senator in order to ridicule his senators. On the other hand, ancient historians have charged Caligula with not moments of pride and malice but moments of insanity.

Both Cassius Dio (*Roman History* LIX.14 and LIX.28) and Suetonius (*De Vita Caesarum: Caligula* 55), from whom information about Caligula and the horse Incitatus is provided, lived decades after his reign. Furthermore, they both seemed to have written with the specific agenda to smear the reign of Caligula as they drew not only from historical accounts but also from rumors and legends.

As such, I've done my best to offer both of these alternatives of history in this narrative . . . while adding a healthy dose of humor.

My highest thanks to Matthew Katsenes and Sasha Vining, for doing the first pass through; to Greg Stringer, who did the difficult final pass through with an eye that was perfectly balanced between "Latinitas" and comprehensibility; to my sister, Audrey, for the cover and cleaning up my chapter illustrations; and to Krystal Kubichek and Traci Doughtery of Excellence through Classics for allowing me to read and test excerpts from this work during one of their online sessions. Any remaining errors are my own.

PERSONAE

INCITĀTUS, EQUUS

Caligula, Imperātor

Gnaeus, Senātor

CAPITULUM PRĪMUM: VICTOR CIRCĪ MAXIMĪ

MIHI NŌMEN EST INCITĀTUS QUOD CELER[1] SUM. CURRERE *CELERIUS QUAM*[2] OMNĒS POSSUM. FORTŪNĀTUS IN CIRCŌ MAXIMŌ ERAM.

---

[1] *celer*: fast
[2] *celerius quam*: faster than

NUNC FORTŪNĀTISSIMUS SUM
QUOD SENĀTOR RŌMĀNUS SUM.
SENĀTŌRĒS *MAXIMĪ MŌMENTĪ*[3]
SUNT.

QUOD SENĀTOR SUM, PURPUREA
VESTĪMENTA *GERŌ*[4]. SENĀTŌRĒS
TANTUM[5] VESTĪMENTA PURPUREA
GERUNT. ŌRNĀMENTA GERŌ.
DĪVITĒS[6] TANTUM ŌRNĀMENTA
GERUNT. SENĀTOR MAXIMĪ
MŌMENTĪ SUM.

UBI PER RŌMAM AMBULŌ, OMNĒS
RŌMĀNĪ MĒ SPECTANT ET AUDIUNT.
UBI MĒ VIDENT, *CLĀMŌREM*[7]
MAGNUM FACIUNT. ŌLIM PARVĪ
MŌMENTĪ ERAM SED NUNC

---

[3] *maximī mōmentī*: of the greatest importance
[4] *gerō*: I wear
[5] *tantum*: only
[6] *dīvitēs*: rich
[7] *clāmōrem*: noise

SENĀTOR MAXIMĪ MŌMENTĪ SUM.
OMNĒS MĒ PER RŌMAM
AMBULANTEM *MĪRĀNTUR*[8] QUOD
PURPUREA VESTĪMENTA ET
ŌRNĀMENTA MULTA GERŌ.

QUOD CELERIUS QUAM OMNĒS
CURRŌ, VICTOR ERAM ET OMNĒS
MĒ AMĀBANT. QUOD IMPERĀTOR
CALIGULA MĒ AMAT, MULTA MIHI
DAT. CALIGULA IN
CIRCŌ MAXIMŌ SEMPER EST QUOD
VALDĒ EĪ PLACET EQUŌS CURRENTĒS
SPECTĀRE. QUOD VICTOR ERAM, MĒ
SPECTĀRE VALDĒ PLACUIT.

QUOD MĒ VICTŌREM ESSE *GESTIT*[9],
CALIGULA MIHI MULTŌS SERVŌS
DEDIT. SERVĪ MĒ CURANT. DOMUM

---

[8] *mīrāntur*: they wonder
[9] *gestit*: valdē vult, eagerly want

MAGNAM MIHI DEDIT. *MĪRĀBILE VĪSŪ!*[10] IN DOMŌ CIBĪ OPTIMĪ SUNT. OPTIMĒ DORMĪRE POSSUM. OPTIMA ŌRNĀMENTA ET VESTĪMENTA MIHI DEDIT. CALIGULA MĒ VALDĒ AMAT. FORTŪNĀTISSIMUS SUM.

IMPERĀTOR CALIGULA POTESTĀTEM ET *AUCTŌRITĀTEM*[11] MAGNAM HABET. MĒ CŌNSULEM FACERE VULT QUOD IMPERĀTŌREM CURŌ. MĒ CŌNSULEM ESSE VULT QUOD MAGNUS ET CELER VICTOR SUM.

IMPERĀTOR CALIGULA MĒ ET MULTŌS VIRŌS AD CENAM INVĪTĀVIT. SUNT DĪVITĒS RŌMĀNĪ NŌN MAXIMĪ MŌMENTĪ SED *MAGNĪ MŌMENTĪ*[12].

---

[10] *mīrābile vīsū*: amazing to see!
[11] *auctōritātem*: power, authority
[12] *magnī mōmentī*: of great importance

SENĀTŌRIBUS NŌN VALDĒ PLACUIT HABĒRE MĒ *APUD CENAM*.[13] SED APUD CENAM ESSE *GESTIŌ*[14] QUOD MIHI PLACET OPTIMUM CIBUM EDERE ET OPTIMAM AQUAM BĪBERE.

MAGNUS SUM . . . ET *MĒNSA*[15] EST PARVA.

---

[13] *apud cenam*: at dinner
[14] *gestiō*: valdē volō, I eagerly want
[15] *mēnsa*: table

CAPITULUM SECUNDUM:
SENĀTOR PARVĪ MŌMENTĪ

mihi nōmen est Gnaeus. senātor

Rōmānus sum. nōn *magnī mōmentī*[16] sum

sed parvī mōmentī.

quod nōn *dīves*[17] sum, nōn multa

ōrnāmenta habeō. quod senātor sum,

---

[16] *magnī mōmentī*: of great importance
[17] *dīves*: rich

vestīmenta purpurea *gerō*.[18] *diēbus Mercuriī*[19] nōs senātōrēs purpurea gerimus; *cotīdiē*[20] purpurea gerimus.

quamquam[21] senātor *parvī mōmentī*[22] sum, imperātor Caligula MĒ ad cenam invītāvit. *apud cenam*[23] imperātōris esse *gestiō*![24] audīvī servōs Caligulae optimōs cibōs et vīnum in mēnsa pōnere. domum imperātōris ambulāre gestiō quod Caligula potestātem et auctōritātem magnam habet. fortasse multa mihi dābit.

---

[18] *gerō*: I wear
[19] *diēbus Mercuriī*: on Wednesdays
[20] *cotīdiē*: everyday
[21] *quamquam*: although
[22] *parvī mōmentī*: of l
[23] *apud cenam*: at dinner
[24] *gestiō*: valdē volō, I eagerly want

posterō diē,[25] domum Caligulae ambulāvī.
cena in magnā domō erat! imperātor
dīves erat sed . . . *mīrābile vīsū!*[26] domus
maxima erat! apud cenam erant multī virī
Rōmānī. erant virī magnī et maximī
mōmentī. erat . . . erat . . . equus
Rōmānus.

cena nōn *apud Caligulam*[27] erat sed apud
equum. maxima domus nōn imperātōris
sed equī erat!

nōmen equō erat Incitātus. Caligula
equum valdē amat quod in Circō Maximō
celerius quam[28] omnēs equōs cucurrit.

---

[25] *posterō diē*: on the following day
[26] *mīrābile vīsū*: amazing to see
[27] *apud Caligulam*: at the house of Caligula
[28] *celeries quam*: faster than

quod imperātor dīves est, equus dīves est! *dīvitior quam*[29] ego est!

senātōrēs *tantum*[30] vestīmenta purpurea *gerere*[31] possunt sed Incitātus equus purpurea gerit quod equus "senātor" est! virī dīvitēs ōrnāmenta *aurea*[32] gerunt… Incitātus PLŪRA ōrnāmenta gerit quam ego!

Caligula maximam domum habet quod imperātor est. multī senātōrēs magnās domūs habent quod dīvitēs sunt. sed Incitātus equus est . . . et MAIOREM

---

[29] *dīvitior quam*: richer than
[30] *tantum*: only
[31] *gerere*: to wear
[32] *aurea: gold*

domum quam meam habet! equus melius
dormīre potest quam ego.

quidnam est hoc?!?[33]

nōs omnēs virī Incitātum vestīmenta
purpurea et ōrnāmenta gerentem
mīrāmur.[34] domum magnam mīrāmur.
equō *invidēmus.*[35]

ego sum senātor parvī mōmentī sed
Incitātus equus maximī mōmentī est!
senātor *maioris mōmentī*[36] est quam ego.
fortūnātior est quam ego!

---

[33] *quidnam est hoc:* what the heck is this?!?
[34] *mīrāmur:* we wonder at
[35] *invidēmus:* we envy
[36] *maioris mōmentī:* of greater importance

quidnam est hoc?!?

CAPITULUM TERTIUM:
IMPERĀTOR MAXIMĪ MŌMENTĪ

mihi nōmen est Caligula. nōn sōlum
senātor Rōmānus sed etiam
imperātor sum. quod imperātor sum,
vir *MAXIMĪ momentī*[37] sum.

---

[37] *MAXIMĪ momentī*: of the greatest importance

ubi per Rōmam ambulō, omnēs mē spectant et audiunt. omnēs mē *mīrantur*[38] quod . . . imperātor sum.

quod imperātor sum, dīvitissimus vir Rōmae sum. sunt multī senātōrēs dīvitēs sed ego sum dīvitior quam omnēs. quod *dīves*[39] sum, multa dare possum. multa vestīmenta, domūs, et ōrnāmenta habeō - et dō. victōribus multa dare *gestiō*.[40] ubi ego victōrēs videō, hōs victōrēs *apud mē*[41] habēre gestiō.

multa equō meō, Incitātō, dō quod equum valdē amō. valdē mihi placet

---

[38] *mīrantur*: wonder at
[39] *dīves*: rich, wealthy
[40] *gestiō*: valdē volō, I eagerly w ant
[41] *apud mē*: at the house of / in the presence of

equōs in Circō Maximō currentēs spectāre. Incitātus *celerius quam*[42] omnēs equī currere potest. *mīrābile vīsū!*[43] quod Incitātus celerrimus erat, victor semper erat. ubi Incitātum currentem vīdī, victōrem apud mē habēre gestīvit.

quod Incitātum victōrem esse volēbam, servōs dedī. servī equum curābant. cibum optimum et aquam optimam dabant. domum *cūstōdiēbant*[44] quod *apud equum*[45] virī *clāmōrem*[46] faciēbant!

---

[42] *celerius quam*: faster than
[43] *mīrābile vīsū*: amazing to see
[44] *cūstōdiēbant*: were guarding
[45] *apud equum:* at the house of / in the presence of a horse
[46] *clāmōrem*: noise

ubi virī clāmōrem magnum fēcērunt, equus meus nōn bene dormīre poterat. victor in Circō Maximō esse nōn poterat. quod servōs equō dedit, Incitātus melius dormīre poterat. victor esse poterat quod celerius quam omnēs currere poterat. victōrēs amō.

quod Incitātus victor et equus *maximī mōmentī*[47] erat, fortūnātum equum senātōrem fēcī. senātōrēs meōs victōrēs esse volō.

volō senātōrēs meō Incitātō *invidēre*.[48]

---

[47] *maximī mōmentī*: of the greatest importance
[48] *invidēre*: to envy

CAPITULUM QUARTUM:
PRŌSIT INCITĀTŌ

quidnam est hoc?![49] equus melius edit

quam ego. *invidēmusne*[50] *equō? sine*

dubiō.[51]

---

[49] *quidnam est hoc?!*: what the heck is this?!
[50] *invidēmus*: do we envy
[51] *sine dubiō*: without a doubt

servī cenam maximam fēcērunt. mīrābile vīsū! erant multī cibī et optimum vīnum. in cibō equī *tantum*[52] aurum erat. cena maxima erat quod multī *apud cenam*[53] erāmus. nōs nōn fortūnātī sumus quod senātōrēs, virī *maximī mōmentī*[54], cibum aureum edere nōn possunt.

"vōs," Caligula inquit, "victōrēs nōn estis. vōs *victī*[55] estis. vīctī mihi nōn placent. vīctōs apud mē habēre nōlō.

---

[52] *tantum*: only
[53] *apud cenam*: at dinner
[54] *maximī mōmentī*: of the greatest ipmortnace
[55] *victī*: losers

"Incitātus, meus equus, victor est. *celerior est quam*[56] omnēs equī. *sine dubiō*[57] equus est . . . sed hic equus est senātor celerior - et melior - quam vōs. quod melior est, Incitātō, optimō omnium senātōrum, multa dō. servī aurum in cibō pōnunt."

mīrābile audītū![58] Caligula VOLUIT nōs equō Incitātum invidēre. . .

hoc audīre nōbis nōn placēbat sed *clāmōrem*[59] magnam nōn fēcimus. Caligula īnsānus est, sed

---

[56] *celerior quam*: faster than
[57] *sine dubiō*: without a doubt
[58] *mīrābile audītū*: amazing to hear!
[59] *clāmōrem*: noise

potestātem magnam habet quod imperātor est.

multī senātōrēs Caligulam necāre volunt quod īnsānus est. necāre nōn possunt quod Caligula plūs potestātis habet quam senātōrēs.

"*prōsit*[60] Incitātō," inquit Caligula apud cenam et vīnum bibit. nōs omnēs senātōrēs equō invidēmus… sed "prōsit," inquimus, "Incitātō." vīnum bibimus necesse est nōbis vīnum optimum bībere . . . equus senātor est.

---

[60] *prōsit*: cheers

nōs multum vīnum bībimus et cibum edimus. nōn est cibum optimum. . .

equus optimum cibum habet. Caligula nōs ad cenam invītāvit . . . et nōs potestātem imperātōris *mīrārī*[61] gestit.

equum cibum aureum edentem spectō . . . . . equum fortūnātiōrem quam nōs mīrāmur. senātor parvī mōmentī sum et nōn *dīves*[62] sum. equus *dīvitior* est *quam*[63] ego. *stercus*[64] equī dīvitius est quam ego!

---

[61] *mīrārī*: to wonder
[62] *dīves*: rich
[63] *dīvitior quam*: richer than
[64] *stercus*: poop

CAPITULUM QUINTUM:
AURUM MAXIMĪ MŌMENTĪ

magnus sum. maior sum quam omnēs

senātōrēs.

mēnsa[65] est parva . . . sed cena magna est! imperātor Caligula multōs virōs – parvī et magnī mōmentī – invītāvit. in mēnsā servī multum cibum pōnunt quod multī senātōrēs *apud cenam*[66] sunt.

cibum edere mihi valdē placet! servī optimum cibum faciunt et purpuream aquam in mēnsa pōnunt. apud cenam imperātōris *gestiō*![67] fortūnātissimus omnium equōrum Rōmae sum!

---

[65] *mēnsa*: desk
[66] *apud cenam*: at dinner
[67] *gestiō*: valdē volō, I eagerly want

Caligula mihi nōn sōlum vestīmenta purpurea dat sed etiam cibum et aquam optimam dat. in cibō meō est parvum *aurum quod*[68] in cibō senātōrum nōn est.

Caligula vult servōs aurum in cibō pōnere mihi quod victor sum. senātōrēs *victī*[69] sunt. quod *celerius quam*[70] omnēs currere possum, victor sum. victōrēs optimum cibum habent.

---

[68] *aurum quod*: gold which
[69] *victī*: losers
[70] *celerius quam*: faster than

aurum gerunt – et edunt! vīctī aurum

nec edunt *nec*[71] gerunt.

vírī mē edentem spectāre nōn

gestiunt.[72] mē spectant et clāmōrem

parvum faciunt . . . fortasse mihi

invident[73] quod cibus meus melior est.

quod parvum aurum in cibō meō est,

parvum aurum in *stercore*[74] meō est!

---

[71] *nec . . . nec*: neither . . . nor
[72] *gestiunt*: valdē volunt, eagerly want
[73] *invident*: envy
[74] *stercore*: poop

sine dubiō,[75] aurum magnī mōmentī

mihi nōn est. ego sum equus.

ubi cibum aureum edō, omnēs mē

spectant. mīrāntur et clāmōrem

parvum faciunt . . . . fortasse quod

cibum meum volunt. Caligula cibum

aureum virīs nōn dat. mihi dat quod

mē valdissimē amat. cibum meum

habēre *gestiunt*[76] sed eīs nōn *licet*[77].

fortūnātissimus sum et optimē edō

quod imperātor mē curat.

---

[75] *sine dubiō*: without a doubt
[76] *gestiunt*: valdē volunt, eagerly want
[77] *licet*: are (not) allowed to

hōc nocte,[78] ūnus vir mē mīrābile

spectat. meus servus nōn est . . . .

---

[78] *hōc nocte*: on this night

CAPITULUM SEXTUM:
SI CAPIAM STERCUS . . .

per Rōmam ambulābam et domum

magnam equī Incitātī intrāvī. *sine dubiō,*[79]

domus maior est quam mea . . . equō

invideō. *quidnam est hoc?!*[80] ego, senātor

Rōmānus, equō invideō.

---

[79] *sine dubiō*: without a doubt
[80] *quidnam est hoc?!*: what the heck is this?!

equus plūrēs servōs habet quam ego. plūra ōrnāmenta habet quam ego. sine dubiō Incitātō invideō quod imperātor equum magis quam mē amat. potestātem et auctōritātem magnās equō dat.

dīves nōn sum. senātor parvī mōmentī sum. quod senātor sum, *pauca*[81] servīs equum cūstōdientibus dare possum. nōn necesse est mihi multa servīs dare. servī equum cūstōdīre nōn *gestiunt.*[82]

"volō," inquam, "fortūnātum equum, Incitātum vidēre et audīre. imperātor mē equum spectāre vult quod 'victor' est. imperātor mē victōrem esse vult."

---

[81] *pauca*: a little
[82] *gestiunt*: valdē volunt, eagerly want

domum intrō et . . . . Incitātus dormit.

sunt vestīmenta et ōrnāmenta.

vestīmenta purpurea capere nōn possum.

ōrnāmenta capere nōn possum. *sī capiam*

vestīmenta et ōrnāmenta, Caligula mē

necet.[83] mē necāre gestiet quod virōs

necāre īnsānō imperātōrī valdissimē

placet.

in domō magnā est *stercus*[84] Incitātī.

Incitātus aurum in cibō edit . . . . et nunc

est aurum in *stercore.*[85] cibum aureum

edit et nunc stercus aureum habet.

---

[83] *sī capiam . . . necet*: if I were to take . . . he would kill
[84] *stercus*: poop
[85] *stercore*: poop

stercus capere possum. *sī* stercus *capiam,* Caligula mē necāre *nōn volet.*[86]

mīrābile audītū![87] sed dīves nōn sum . . . . aurum in stercore habēre nōn gestiō sed . . . aurum volō.

aurum habēre et dīves esse est potestātem habēre.

plūs aurī et plūs potestātis et auctōritātis habēre gestiō. senātor nōn parvī sed maximī mōmentī esse gestiō.

"*þrōsit,*"[88] inquam, "Incitātō." et aureum stercus capiō.

---

[86] *sī capiam . . . nōn volet*: if I (will) take . . . he will not
[87] *mīrābile audītū!*: amazing to hear!
[88] *þrōsit*: cheers

CAPITULUM SEPTIMUM:
EQUUS CŌNSUL

per Rōmam ambulō. omnēs nōn
sōlum mē sed etiam equum meum
mīrāntur. nōn sōlum vestīmenta
purpurea sed etiam optima
ōrnāmenta gerimus. omnēs nōs
spectant et mīrāntur quod potestātem
et auctōritātem magnās habēmus.

ego et Incitātus ad Cūriam ambulāmus. ad Cūriam ambulāmus quod omnēs senātōrēs in Cūriā sunt. Incitātum cōnsulem facere *gestiō*.[89]

senātōrēs virī magnī mōmentī sunt sed cōnsulēs maximī mōmentī sunt. quod cōnsulēs mē curant et Rōmam cūstōdiunt, optimum victōrem cōnsulem habēre volō. sine dubiō, Incitātus optimus victor est. optimus cōnsul erit!

"*mīrāminī*[90] equum meum," inquam, "Incitātus celerrimus equus in Circō Maximō erat. nōn sōlum fortūnātior

---

[89] *gestiō*: valdē volō, eagerly want
[90] *mīrāminī*: (y'all) wonder at!

erat sed etiam celerius quam omnēs currere poterat. erat victor maximus!

"quod victor erat, ego multa Incitātō dedī. vestīmenta purpurea et ōrnāmenta aurea dedī. multōs servōs dedī; nunc servī equum curant et domum eius cūstōdiunt.

"quod victor erat, Incitātum senātōrem fēcī. *tantum*[91] victōrēs senātōrēs esse volō.

"nunc senātor est . . . et senātor est melior quam omnēs vōs! est senātor maioris mōmentī quam multī . . .

---

[91] *tantum*: only

quam - quam Gnaeus! quī nec dīves
est nec domum magnam habet.

"quod senātor optimus est, Incitātum
cōnsulem facere volō!"

CAPITULUM OCTĀVUM:
QUIDNAM EST HOC?!?

quidnam est hoc? mīrābile dictū! mīrābile audītū! sed imperātor Caligula EQUUM cōnsulem facere vult.

sine dubiō Caligula īnsānus est . . . . imperātōrēs potestātem et auctōritātem

magnās habent sed equōs cōnsulēs
facere nōn possunt.

quidnam est hoc? cōnsulēs virī maximī
mōmentī sunt. maioris mōmentī sunt
quam senātōrēs. equī senātōrēs esse nōn
possunt! equī cōnsulēs esse nōn
possunt!

nunc multī senātōrēs Caligulam
imperātōrem esse nolunt quod īnsānus
est. imperātōrem īnsānum necāre
gestiunt!

ego Caligulam necāre volō . . . .

"est senātor," Caligula inquit, "maioris mōmentī quam multī. . . quam- quam Gnaeus!"

sine dubiō, vir parvī mōmentī sum. nōn dīves sum. potestātem nōn magnam habeō. auctōritātem nōn magnam habeō. sed senātor sum! senātōrēs virī magnī mōmentī sunt.

fortasse Incitātus senātor est. nōs equum senātōrem fēcimus quod imperātor hoc voluit. Incitātus fortūnātus erat quod imperātor potestātem et auctōritātem magnās habuit.

sed cōnsul, vir maximī mōmentī, esse nōn potest. Incitātus est equus! nōn est vir! sunt multī senātōrēs sed tantum duo cōnsulēs. *etsī*[92] celerior est quam omnēs nostrum, cōnsul esse nōn potest. etsī "melior" est quam omnēs nōstrum, nōs ūnum cōnsulem equum habēre nōn possumus.

fortasse Incitātus victor in Circō Maximō erat sed fortūnātus victor nōn in Cūriā erit.

in Cūriā nōs senātōrēs vestīmenta purpurea gerimus . . . et nōs victōrēs sumus. Incitātus *vīctus*[93] erit.

---

[92] *etsī*: even if . . .
[93] *vīctus*: loser

senātor sum; īnsānum imperātōrem

necāre possum.

CAPITULUM NŌNUM:
TANTUM EQUUS SUM

nunc nōn in domō magnā dormiō sed

in domō parvā. nōn optimum cibum

edō sed bonum. nōn purpuream

aquam bibō. vestīmenta purpurea et

aurea ōrnāmenta nōn gerō.

tantum[94] equus sum.

nōn necesse est mihi habēre multa.

nōn necesse est equōs dīvitēs esse.

fortūnātissimus sum quod *iterum*[95] in

Circō Maximō currō. victor eram quod

currere celerius quam omnēs mihi

placēbat. nunc victor optimus sum

quod celerrimus sum. currere et victor

esse gestiō quod omnēs mē spectant

---

[94] *tantum*: only
[95] *iterum*: again

et mīrāntur. mē vident et clāmōrem
magnam faciunt.

ego senātor nōn sum sed semper sum
equus maximī mōmentī.

ego cōnsul nōn sum. ego senātor nōn
sum. ego equus sum.

placuit mihi apud cenam imperātōris
esse sed nōn necesse est mihi habēre
aurum in cibō. nōn necesse est multōs
servōs mē curāre. valdē mihi placet
esse equus in Circō Maximō currēns.

imperātor Calīgula mē valdē amāvit

sed nunc imperātor mē ad cenam nōn

invītat.

. . . ubi est Calīgula?

hoc nōn est magnī mōmentī mihi.

ego sum equus – equus maximī

mōmentī.

EPILOGUS:
VICTOR VĪCTUM NECAT

Caligula īnsānus erat imperātor Rōmānus nōn Rōmae sed Alexandriae esse voluit quod deus esse voluit. imperātor sine senātōribus esse voluit! sine *cohorte praetōriā*[96] esse voluit.

---

[96] *cohorte praetōriā*: praetorian guard, who guarded the emperor from harm

īnsānus erat!

senātōrēs "vīctōs" esse dīxit. . . sed nunc

nōs victōrēs sumus et iste vīctus est.

Caligula multōs Rōmānōs necāvit . . . et

nunc cohors praetōria īnsānum

imperātōrem necāvit et Claudium,

avunculum[97] Caligulae, imperātōrem fēcit.

"prōsit, imperātōrī Claudiō," nōs

senātōrēs inquimus.

fortasse Claudius erit melior quam

Caligula . . . .

ūnō diē, domum equī Incitātī ambulāvī.

domus nōn magna erat, sed parvus.

---

[97] *avunculum*: uncle

equus cibum aureum nōn edit. stercus

aureum nōn facit. nōn victor in Cūriā

erat sed vīctus. . . .

et nunc *iterum*[98] victor in Circō Maximō

est.

istum necāre volō quod ego sum maioris

mōmentī quam equus. Incitātus celerius

quam mē currit . . . . equum necāre nōn

possum.

iterum vīctus sum.

---

[98] *iterum*: again

INDEX VERBŌRUM

ad: to, towards
amābant, amat, amāvit: love
ambulābam, ambulāmus, ambulāre, ambulāvī, ambulō: walk
ambulantem: walking
amō: love
apud: in the presence of / at the house of
aquam: water
auctōritātem, auctōritātis: authority, power
audīre, audiū, audiunt, audīvī: hear
aurea, aureum: golden
aurī, aurum: gold
avunculum: uncle
bene: good

bībere, bībimus, bibit, bībō, bibunt: drink
bonum: good
capere, capiam, capiō: take
celer: fast
celerior, celerius: faster
celerrimus: fastest
cena, cenam: dinner
cibī, cibō, cibum, cibus: food
Circō Maximō: Circus Maximus, where charioteers raced
clāmōrem: noise
cohors, cohort: cohort
consul, cōnsulem, cōnsulēs: consul
cotīdiē: everyday
cucurrit: ran

curābant, currant, curāre, curat: care (for)
Cūriā, Cūriam: Curia, where the Roman senators meet
curō: I care for
currēns, currentem, currentēs: running
currere, currit, currō: run
cūstodiēbant, cūstōdīre, cūstōdiunt: guard
cūstōdientibus: guarding
dabant, dābit, dare, dat, dedī, dedit: give
deus: god
dictū: to say
diē, diēbus: day
dives, dīvitēs: rich
divitior, dīvitius: richer
dīvitissimus: richest
dīxit: said
dō: I give
domō, domum, domus, domūs: home
dormiō, dormīre, dormit: sleep
dubiō: a doubt

edentem: eating
edere, edimus, edit, edo, edunt: eat
ego: I
eī: to him
eius: his
equī, equō, equōrum, equōs, equum, equus: horse
eram, eramus, erant, erat: was/were
erit: will be
esse: to be
estis: y'all are
et: and
etiam: also
etsī: even if
facere, faciēbant, faciō, facit, faciunt: make
fēcērunt, fēcī, fēcimus, fēcit: made
fortasse: maybe
fortūnātī, fortūnātum, fortūnātus: fortunate
fortūnātior, fortūnātiōrem: more fortunate
fortūnātissimus: most fortunate
gerentem: wearing

gerere, gerimus, gerit, gerō, gerunt: wear

gestiet, gestiō, gestit, gestiunt, gestīvit: eagerly want

habēmus, habent, habeō, habēre, habet, habuit: has/have

hic, hoc, hōs: this

imperātor, imperātōrem, imperātōrī, imperātōris: emperor

in: in

inquam, inquimus, inquit: say

īnsanō, īnsānum, īnsānus: crazy

intrāvī, intrō: enter

invidēmus, invident, invideō, invidēre: envy

invītat, invītāvit: invite

iste, istum: that (darn) man

iterum: again

licet: permitted

magis: more

magna, magnā, magnam, magnās,

magnī, magnum, magnus: big

maior, maiorem, maioris: bigger/larger

maxima, maaximam, maximī, maximō, maximus: greatest/highest

mē: me

mea, meam, meōs, meum, meus: my

melior/melius: better

Mercuriī dies: Wednesday

mihi: to me

mīrābile: amazing

mīrāminī, mīrāmur, mīrāntur, mīrārī: wonder (at)

mōmentī: of importance

multa, multī, multōs, multum: much, many

nec . . . nec: neither . . . nor

necāre, necāvit: kill

necesse: necessary

nōbis: us

nocte: night

nōlō, nolunt: do not want

nōmen: name
nōn: not
nōs: we/us
nostrum: of us
nunc: now
ōlim: once (upon a time)
omnēs, omnium: every, all
optima, optimam, optimē, optimī, optimō, optimōs, optimum, optimus: the best
ōrnāmenta: jewelry
parva, parvā, parvī, parvum, parvus: small
pauca: a few (things)
per: through
placēbat, placent, placet, placuit: pleasing (to)
plūra, plūrēs, plus: more
pōnere, pōnunt: place/put
possum, possumus, possunt, poterat,

posterō: on the following
potestātem, potestātis: power
praetōria, praetōriā: praetorian
prōsit: cheers
purpurea, purpuream: purple
quam: than
quamquam: although
quī: who
quidnam: WHAT (*quid* = what)
quod: because, which
sed: but
semper: always
senator, senātōrem, senātōrēs, senātōribus, senātōrum: senator
servī, servīs, servōs, servus: slave
sī: if
sine: without
sōlum: only
spectant, spectāre, spectat, spectō: watch
stercore, stercus: poop

potest: can, are able
  (to)
sum, sumus, sunt:
  am/are
tantum: only
ubi: when
ūnō, ūnus: one
valdē: really
  valdissime: really,
  really
velit: will want
vestīmenta: clothing
vīctī: loser
victor, victōrem,
  victōrēs, victōribus:
  winner
vīctōs, vīctus: loser
vident, video, vidēre,
  vīdī: see
vinum: wine
vir, virī, virīs, virōs: man
vīsū: to see
volēbam, volet, volō,
  voluit, volunt, vult:
  want
vōs: y'all

53

ABOUT THE AUTHOR

Emma Vanderpool graduated with a Bachelor of Arts degree in Latin, Classics, and History from Monmouth College in Monmouth, Illinois and a Master of Arts in Teaching in Latin and Classical Humanities from the University of Massachusetts Amherst. She now happily teaches Latin in Massachusetts.

Made in the USA
Monee, IL
25 May 2024

58924857R00038